전성재 시집

뭉이 둥이

전성재 시집
뭉이 둥이

1 쇄 발 행   2024년 09월 10일

지 은 이   전성재
펴 낸 이   박숙현
주   간   김종경
편   집   이미상
펴 낸 곳   도서출판 별꽃
출 판 등 록   2022 12월 13일 제 562-2022-22130호
주   소   경기도 용인시 처인구 지삼로 590 CMC빌딩 307호
전   화   031-336-8585
팩   스   031-336-3132
E - m a i l   booksry@naver.com

ⓒ전성재, 2024

ISBN / 979-11-94112-05-1

뭉이 둥이

전성재

별꽃

목차

2부
새하얀 밤을 까맣게 불태워

3부

길은 그대로인데

4부
나를 만든 행복한 집

5부
끝없이 듣고 읽고 싶다

1부

그 모두를 사랑하며 지내온 세월

전성재 시인의 시는 참 푸근하게 마음을 감싸주는 힘을 지녔다.

삶의 여정을 이토록 정겹게 드러낼 수가 있을까.

시인이 두루 원만한 인성으로 삶의 전반을 풍부히 경험하고 성

찰하며 살아왔다는 증거다.

                                          – 박종미 (시인)

청춘 연가

미금역 먹자골목 선술집 불판 앞에는
삼삼오오 사람들 제자리 찾아들고
지글지글 고기 구워지며
호탕한 웃음 환한 대화로 세상 시름 달래가며
소주잔 춤을 춘다

둘러본 안주는 세상 사람만큼이나 다양하다
오징어세꼬시, 옥경이야채, 곱창순대,
순대철판볶음, 생삼겹살, 엉터리생고기, 무한삼겹,
먹자골목 간판들은 소주잔만큼이나 유혹적이다

삼십여 년 훌쩍 지난 사회 초년병 그때 그 시절
퇴근길 만난 친구들과
사당사거리 먹자골목과 포장마차 촌
잠실역 포장마차 골목에서 속삭인
청춘 연가 노래하며 입으로 가슴으로 들이켠
세월은 샐러리맨 수만큼이나 다양했으리라

어느새 이마의 주름 두꺼워진 안경테

우수수 빠져버린 대머리와 하얀 이슬 앉은 머릿결
그 모두를 사랑하며 지내온 세월
오늘도 팔팔하던 그때 그 친구들과 미금역에서
소주잔에 세월을 기울인다

35년이란 세월 흘렀지만
우리들 가슴은 예나 지금이나 그대로다
아니 초로의 청춘들 마냥 세월을 달구고 있다
그때 그 시절 청춘 연가를 부르며 소주잔을 기울
이고
잘 살았노라 어깨동무 나누며 세월에게 말할 것이다
너도 청춘 연가를 목청껏 불러보라고

희망

솟아라
태양이여,

붉은 기운아
어둠을 헤쳐라

황금의 기운이여
힘들고 고달픈 일들을 삼켜라

보아라
저기 백두에서 한라까지
여기 황악에서 금오까지
수려하고 찬란한 이 땅의 정기를 받아
직지천과 감천의 옥수를
이 산야의 생명수로 품고서

나아가자
달려가자
두 팔 벌려 기해년의 신기를

큰 가슴으로 듬뿍 안아보자

새해 새 희망의 나래를
맘껏 펼쳐 보자

그대여 외치노라
이 땅 위에 우뚝 솟은 영험한 태양 우러러
우리 모두 손잡고
꿈틀대는 기해년의 황금 들판으로
힘차게 나아가자

우렁찬 우리들의 희망 노래를
맘껏 불러보자

2019 김천신문 신년 축시

김천 장날

5일마다 시끌벅적
큰소리 나는 사람 장터
여기저기 꾸려와 펼쳐 놓은
만물상 보따리

아래 장터엔 온갖 가축들 전시장
황금시장 평화시장엔 야채 고기 널브러진
먹거리 진수성찬

부항 지례 대덕 거창
상주 점촌 직지사 추풍령 영동
감문 선산 구미 농소 왜관 등
동서남북 팔거리 살거리 놀거리 자랑거리
모두 모여 인생 좌판 벌린다

국밥에 깍두기 막걸리 한 잔이면
사돈 팔촌 이웃집 경조사도
구슬 꿰듯 늘어지게 좌판 위에 올려진다

5일마다 벌어지는 큰 잔치
전라도 충청도 경상도가 춤추는 김천 장날
아래 장터 어물전 꼴뚜기보다 싱싱한
장날이다

뒷냇가 우시장 소울음보다 짠한
경상도 북부지방 김천 5일장
투박하고 정겨운 시골장이다

인생사 돌아가는 뚝배기 장이다
막걸리 한 잔에 흥담 오고 가는
된장 같은 훈훈한 장이다
엄마 아부지 아지매 화장하고
세상 소풍 나가는 인생 장이다

해 질 녘 파장하는 시간이면
비틀대는 자전거 꽁무니에 매달린
꽁치 두 마리가 어서 가자

노래하고 춤추는 애틋한

인생 장날이다

그런 김천 장날이 그립다

하늘

푸른 하늘을 봐
가슴 활짝 열고서 소리쳐 봐

티끌 하나 없는 맑은 하늘
파란 마음 싣고서
창공을 날아봐

야호,
하늘이다

비늘

켜켜이 쌓인 흔적
희 노 애 락 애 오 욕 담금질 되어
이보다 찬란할 순 없을 거다

반짝반짝 눈부시게 빛나는
은빛 비늘이여
세상의 등불로 우뚝 선 붉은 비늘이여
우주를 밝히는 황금 비늘이여

그 빛에 감춰진 고통과 환희와
용틀임과 회오리 속
삶의 교훈으로 정제되어
일목요연 질서 정연의 틀로
자리 잡은 신비의 요물

그대는 누구든 탓하지 않고 탓하지 않으며
탄생 된 긍정의 결정체

그대는 우주의 명품 진이로다

그대는 거짓 없는 선이로다
그대는 꽉 찬 예술로 승화된

경이롭고 신비로운 화신
바로 당신의 화사한 모습이다

꽃다운 꽃

천둥 번개와 소낙비
된서리와 삭풍
하얀 겨울 지나
아픔을 뚫고
피어나는 꽃

꽃이라고 다 꽃이더냐
깊은 산속 발걸음 끊어진
외진 골짜기 어느 모퉁이
온갖 시련 감내하며 탄생한 꽃

자동차 소리 뜨거운 아스팔트 한 켠
생존 위협받는 삭막한 도심의 공해 바닷속
해맑게 웃으며 오롯이 피워 올린
바알간 꽃 한 송이
그대는 진정
꽃다운 이름으로 불러지리라

꽃다운 꽃

그대를 꽃이라 부르리라

콩
난

소무의도
햇살 드는 조용한 '섬 카페 좋은 날'
그곳에서 너를 만났다

흰 고무신 검정 고무신에
다소곳이 누워 있는
앙증스러운 모습
바다 내음도 너의 모습에 기대어
사랑을 꿈꾸고
오가는 객들마저도 너의 눈웃음에
흠뻑 빠져 정신을 잃었다

콩처럼 새파란 잎들이
주렁주렁 어깨동무하고서
두런두런 미소 지으며
종알종알 세상 얘기 나눈다

바닷가 햇볕 드는 섬 카페 창가에는
뭍에서 든 세상 소식 전시장이다

때묻은 세상 얘기 수다장이다
알알이 맺힌 희로애락 가슴속 얘기
속풀이 장이다

후끈 달궈진 비좁은 카페는
간만에 든 세상 얘기로
온통 파시다

발그레한 콩난은
조물조물 버무려진
세상 얘기 만나
동글동글 새파란 잎 엮어
풍성하고 앙증스럽게
춤을 춘다

할아버지 된 날

2020년 2월 5일 오후 3시 34분 3,360그램의
깜찍한 공주가 내 곁으로 왔다
태명까지 이쁘고 깜찍하다

하루 이틀 지나면서
왠지 벅차오른다

갑자기 먼 길 가신 부모님 생각이 난다
오 남매 키우시며 아들 하나
큰댁 일본으로 보내고
치열하게 사셨던 아버지
먼 길 가신 그 나이를 넘어선 큰아들
아버지도 못 누리신 할아버지라는 벼슬
그 할아버지가 갑작스레 된 오늘
괜한 나이만 먹은 듯 진짜 할아버지 같다

아들이 성장하고 손녀를 낳고
든든한 한 세대를 가꾼 듯 하여
왠지 뭉클하고 뿌듯하다

아버지, 그때 어렸던 제가
할아버지가 되었습니다
좋은 어른이 되어야 할 텐데
잘할 수 있을까요?

동백꽃 사랑

선혈이런가

진하고 진한 붉은 혈 가슴속까지 뜨겁다

그립고 그리운 내 사랑

여태 가슴속 쟁여 놓고

머리론 잊겠다 수없이 최면도 걸어보지만

한번 맺은 인연 기다리고 기다리며

멍울진 가슴 두드려도 보지만

잊히지 않는 내 사랑

날이 가고 해가 갈수록

그리움만 하나둘 더 늘어나

아린 가슴을 토하며 해수로 달래도 보지만

가슴 깊이 박힌 멍울진 그리움은

언제 다시 만날까 님 그리는 망부석 되어

해마다 붉은 꽃비로 바다를 잠재운다

뭉이

2020년 2월 5일 오후 3시 34분
천상의 소리가 세상을 두드렸다

영민하고 지혜로운 하얀 쥐띠의 해에
찾아온 귀중한 선물이다

외아들 결혼하고 5년 만에 찾아온 천사
꽃같이 예쁘고 아름다운 공주
엄마 아빠 모습 안고서
사뿐히 우리 곁으로 왔다

태명이 뭉이인 깜찍한 공주가
첫울음 선사하니
온 집안이 뭉이 얘기로 들떠 있다
오랜만에 보는 행복한 사건이다
집안의 한 세대가 바뀌는 순간이다

뭉이의 세대가 활짝 열리는
희망찬 첫걸음이다

가을
노래

제목은 같으나
그려지는 작품 해마다 다르고
그림 속 살아가는 이
느끼는 감성 모두 다르다

같은 그림 같은 느낌 하나 없어
화들짝 놀랄 뿐이다
해마다 찾지만 헛수고다
내일도 그럴까
어디든 찾아가 보자

하나만 건지면
밀린 숙제 해결될까

힘들지 않은 공부를 매일 하고 싶다
힘든 문제를 매일 풀고 싶다

가을 가기 전에

메아리

야 - 호 !
야 - 호 !

웬일일까
요즘 메아리는
돌아오질 않는다

독도 2

동도와 서도
그리고 89개의 혼
우리나라 섬
우리들의 정신
든든한 지킴이

동도에 새겨진 한반도
그대 이름은 독도

망망대해
외로워도 슬퍼도
홀로 서 있는 그대는
온갖 풍상 버텨온
우리들의 어머니

그대여 찬란하리라
그대여 만세에 빛나리라

그랬으면 좋겠다

우르르 몰려오는 고독이
풍성한 과일처럼
늘 상큼했으면 좋겠다

파도처럼
밀려 왔다 밀려가는 쓸쓸함이
늘 즐거움이었으면 좋겠다

하루하루가 지워지는
일상의 영화가
늘 행복이었으면 좋겠다

부족한 마음
채우지 못한 기대
아쉽기만 한 세월
울긋불긋 가을처럼
아름다웠으면 좋겠다

엄마는 그런 줄만 알았다

엄마는 마술사 요술사
투정하고 조르고 짜증내면
모든 게 뚝딱 해결되었다
엄마는 그런 줄만 알았다
이제야 알았다 이제야 깨닫는다
그땐 왜 그리 몰랐을까
가슴 치고 통곡해도
바보 같은 어리석음 지울 길 없다
천치 바보가 따로 있을까

엄마는 늘 웃으며 미안해했다
하나라도 더 줄 게 없을까
하나라도 더 먹일 게 없을까
자식 배부른 것만 보면
늘 행복해했다

엄마는 그랬다
엄마는 그런 줄만 알았다
당신은 잔밥에 물 말아 드시며

언제나 자식 걱정 노심초사였다

여든셋 엄마는 가셨다
먼 길 떠나신 후 몇 해가 흘렀건만
왜 그리도 그립고 보고 싶고 부르고 싶은지
매일 생각이 난다

3
6
년
1
9
일

2019년 12월 31일은

1983년 12월 12일부터

사회생활을 시작한 지 36년 19일째 되는 날

감사드리고 고마운 날,

영광스럽고 무탈하게

유종의 미를 거둔 날

청춘을 녹이고 세월을 노래한

영광을 뒤로하고

이젠 초로의 문턱에서

새로운 인생의 2막을 노래할 것이다

그립다

보고 싶다

흘러간 36년 19일이여,

미래는 나에게 몇 년 며칠의

다양한 선물을 줄 것인지

어떤 일들로 노래할 것인지
사뭇 기대가 된다

보고 싶다 그대여
그날을 위해
오늘도 하루를
후회 없이 노래하련다

2부

새하얀 밤을 까맣게 불태워

전성재 시인은 삶의 철학이 담긴 자기만의 작품 세계를 승화시
키고 옹골차게 빚어낸 영혼의 진주 같은 시를 쓰고 있다.

　　　　　　　　　　　　　　　　　　- 최동호 (시조 시인)

그
녀
이름은
모른다

포근히 안겨 올 듯
홍조 띤 얼굴에
분홍빛 모자까지
참 곱다
아름답고 우아하다

뭇 사내들
가만두지 않을 듯
겁이 난다

이리 봐도 저리 봐도
군계일학
낭창낭창 흔들림에
모두들 쓰러진다

향기는 어떨까
언제쯤 만개할까
항상 청춘일까
어디서 왔을까

오호라,

그녀 이름은 모른다

홍매화

애가 타는 사랑의 열병
붉은 몽우리로
여기저기 맺혔다

때론 머리로 때론 가슴으로
못다 한 정열의 씨앗들이
묘한 아픔으로
밤낮을 가리지 않고
저려오고 있다

차가운 눈발과
매서운 칼바람에
왼 종일 식혀도 보지만
사랑의 열기는
아리송한 쾌감으로
수시로 깊은 쓰림으로
온몸을 들썩이게 한다

붉은 몽우리가 활짝 열리면

아픈 열꽃도 함께 피어나려나
입속에 맴도는 사랑의 꽃술도
그때는 움틀까 목젖을
간지럽히고 있다

붉은 꽃 그대는 나의 반쪽
사랑의 화신인가 보다

그
럼
에
도

불
구
하
고

인생길 힘들고 어려워도
때문에 타령에 남는 여유가 없다
빈 공간을 채우고 힐링할 재주가 없어
더 힘들고 더 어려워지는 악수
여유의 기술이 턱없이 부족하다

어렵고 힘들어도
생각과 행동의 긍정성이 요구된다

나보다 가족을
나보다 우리를 위하는
능력과 기술이 필요하다

그럼에도 불구하고 내가
그럼에도 불구하고 우리를
그럼에도 불구하고 모두를 위해
그럼에도 불구하고 부지런해야

내가 아닌 우리가

내가 아닌 모두가
새로움의 힐링 속에
하나둘 치유의 페이지로
새롭게 쌓여만 갈 수 있다면

그것은 바로 긍정과 희망의
씨앗으로 움트는 것이리라

가죽샘*

인고의 샘이자 치유의 샘이다
민초들의 생명수
달디단 약수다

그곳에 가면
스쳐 지나간 수많은 인연들
울고 웃었으리

그곳에 가면
모진 세월 아린 이야기
슬픈 가락으로
흘러넘쳤으리

덩더쿵 구성지게
옷섶을 흥건하게
눈물로 훔쳤으리

그곳은
김천시 남산동

노실 고개에 스며든
역사의 샘이다

* 가죽 샘 : 경북 김천시 남산동 소재

인생살이

야속하다
이마엔 내 천 자 굵게 골패이고
구부러져 가는 등줄기
환갑 진갑 넘어섰다

귀밑머리 서리 내리더니
두상마저 휑하니
우수수 세월 이끼 날리고
황량한 겨울이다

젊음은 밥심
늙어선 근육량 최고라
백세 시대 희망 걸고
살아온 흔적 고르고 골라
새순 갈이에 안간힘이다

자식 오면 먹이고 재우고
그러다 무리하면
온종일 손목이나 어깻죽지

아프다 난리지만

오면 반갑고
가면 더 반갑다는
자식 손주 생각에
부엌에선 손발이 바쁘다

먼지 쌓인 우체통

나도 한땐 멋졌다
잘 나가던 때 있었다

화장하고 향수 뿌리면
뭇 사람들 들끓었다
하루에도 수차례
포옹하고 악수 건네며
울고 웃었다

세월 탓이런가
여기저기 먼지 쌓이고 녹슬더니
하나둘 멋진 친구들
인사 없이 사라졌다

허기진 배 움켜쥐고
울음 삼키며
맹물 마시기도 어려웠다

언젠간 좋은 소식 오겠지

언젠간 좋은 세상 오겠지

언제쯤 해맑은 아침에
까치 소리 들을 수 있으려나!

잊지 못해서

그대 날 잊었나요
바람에 그대 체취마저 날아가고
그대 모습까지 지우려 해도
추억마저 가져갈 순 없으니
그대와 함께한 시간들 어찌하면 좋겠소

그대는 외로움이라
나와 함께 걸어갑니다
그대 그림자 내 곁에 머물러
하염없이 사랑 노래 부릅니다

그대 날 잊었나요
그대도 날 잊지 못하니
눈물이 비가 되어
흠뻑 적시어 주네요

새하얀 밤을 까맣게 불태워
바람 소리로 밀어를 나누려 하네요

소실봉*

소실봉 자락 언저리는
진달래 천국

봄바람 꽃술에
역병처럼 온 산을 물들이고

아뿔싸,
내 가슴에 사뿐히 내려앉은
연분홍빛 두근거림

까칠한 소실봉
순한 양으로
들뜬 가슴을 토한다.

* 소실봉 : 용인시 수지구 상현동에 위치한 해발 186.3 미터의 나지막한 봉우리.

주말농장

퇴비 뿌리고 이랑 고랑 삽질에
덩달아 텃밭 춤을 춘다

긴 겨울 굳었던 옥토
춘분 삽질로 봄바람 들고
구석구석 긁어주니
어서 오세요 주인님
옆구리도 긁어 달라 아우성이다

긴 겨울 허기진 배 퇴비로 달래주니
보약 한 첩 일 년 농사
풍년 든다 어깨 들썩인다

올해 먹거린 무엇으로 채울까
상추, 쑥갓, 가지, 고추, 깻잎,
앞서거니 뒤서거니 푸른 채소들
주인 먼저 만나자고
불쑥불쑥 고개 내민다

올여름 밥상은 녹색 세상으로
진수성찬 기다려진다

복잡한 도심 자투리 주말농장은
보약 같은 귀한 숨 터이다

모암동

성남교 다리 건너

성내동 뒷산 오르면

그땐 왜 그리 높은 산인지

무섭기만 했다

뒷산 내려서면 내가 살던 동네

모암동 수용소 마을이다

동네 공중 화장실 지나

내리막길 벗어나면

뒷집 섭이네 앞집 대장간 아저씨네

옆집은 만길이 아재가 사는

번데기 공장 다니는 아지매 집

우리 집은 아담한 기와집

할매와 엄마, 선생님이신 아버지 밑에

오 남매는 행복하게 자랐다

정월 대보름 즈음엔 뒷산을 위아래 두고

성내동 아이들과 땅뺏기 돌팔매질

싸움 놀이는 선명한 추억으로 살아 있고

김천 여고 운동장은 개구쟁이들의 놀이터였다

여고 뒤 양어장 연못은 보트 타고

잠자리 잡던 여름철 휴양지,
뒷냇가는 물놀이 수영장
온 동네가 어린 시절의 놀이 공원
구석구석 추억이 숨 쉬고
모암동 그곳은
나의 10년이 자란 곳이다

둥이

계묘년 새해 초저녁 6시 17분
2023년1월 2일(음12월11일)
까치 소리가 새해를 노래한다

까치 까치 그 노래는
흑토끼의 영험한 재주를 밝혀주는
일성으로 우리 곁으로
사뿐히 내려왔다

예정보다 보름이나
가족들을 보고팠나 보다
아니 다사다난한 세상을
주름잡으러 30여 분 진통 만에
지구별 첫 일성을 고했다
얼마나 고맙고 기쁘고 사랑스러운지
계묘년의 새해가 벅차기만 하다
사내답고 튼실하게 우리 곁으로 왔으니
이 나라 이 사회에 꼭 필요한 빛나는
일꾼 되기를 천지신명께 빌어 본다

둥이야

늠름한 네 모습

사랑스럽고 자랑스러워

우리들은 두 팔 벌려 노래 부른다

산행길 친구

매일 보는 얼굴 오늘에야 통성명을 한다
사진 찍고 얘기 나누며 장난도 친다

산사나무 때죽나무 산딸기 생강나무 시서스
하늘말나리 루모라고사리 취나물 참당귀 헛개나무
자주 보는 친구들 이름도 아름답다

둥굴레 어성초 아카시아 박하 플라타너스 귀룽나
무 마삭줄
익숙한 친구들 이제야 소개받고 찬찬히 이름 새겨
듣는다

자연 속 교란되고 천이 되고 자연법칙 따라
극상 되니 절로 신성스럽게 보인다
물과 흙 그리고 햇빛 때로는 바람이 이들을 낙원
으로
초대하는 길라잡이

시기 질투 반목 모함 사심 없는 수더분한 세상 터

나 절로 너 절로 절로 절로 그들을 만나러 산으로
들로
찾아드는 이유다

누구든 밀어내지 않으며 아낌없이 품어주는 친구
오솔길을 걷는 또 다른 이유이자
행복한 산행길이다

이팔청춘

푸른 나무를 보았느냐
삭막한 사막의
이글거리는 태양을 보았느냐
숨 막히는 마라톤의 여정에서
한 모금의 물과 한숨의 공기를
느껴보았느냐
밤새워 달리는 자동차의
무한 질주를 겪어 보았느냐

힘든 것도
아픈 것도
배고픔도
슬픔도
치열한 고민도
청춘이기에 가능하리라

이팔청춘
그대는 누구냐
뜨거운 용광로처럼

팔팔한 세상이며

고뇌하는 젊음이며

꿈꾸는 우주이며

사랑을 노래하는 태양이리라

세상 향해 울부짖는 불새*

오늘 스트라빈스키의 불새는
우울하고 슬픈 코로나 시대를 위로하는
자장가다
이 시대의 희로애락을 풀어 주는
힐링의 무대이다

검정색 연미복에 검은색 마스크의 단원들과
백발의 연금술사로 무대를 유영하는
마시모 자네티*의
부드럽고 강단 있게 휘젓는 육체의 솜씨는
한 마리의 불새가 세상 향해 칼춤을 추며
울부짖고 뜨거움을 토해내는 외로운 모노드라마
였다

가늘게 떨다가 우렁차게 포효를 하다가
살짝살짝 어깨춤을 추다가
부드럽게 세상을 휘돌며 내리다가
빙그르르 맴돌다가
사뿐사뿐 걷다가

신비로운 분위기를 엮어가다가
자신의 깃털을 뽑아 포근히 감싸다가
휘리릭 파랑새 되어 날다가 마법 같은
붉은 가슴을 세상 향해 쿵쾅쿵쾅 두드리는
외마디 경고장이었다

온통 검은 무대는 모두가 진혼곡 연주자 되어
붉게 흐느끼고 있다

불새는 세상 향한 원망도 흐느낌도
가슴으로 녹이며 자신을 불태우고서
어디론가 사라진다

오늘 스트라빈스키의 불새는
코로나19로 더욱 빛이 난 검은 백발의 외침이었다

* 이고르 스트라빈스키의 3대 발레 음악 중 하나
* 마시모 자네티(Massimo Zanetti) 1962. 이탈리아. 2018.09~2022.07 경기필하
  모닉 오케스트라 상임 지휘자.

눈이 깊은 아이

코를 찡긋하며 배시시 웃는 아이
갓 돌 지난 천사
보는 눈이 깊고
생각이 몹시 깊어 보이는 아이
알토란 같은 아이

어떻게 자랄까
기대되는 아이
벌써부터 궁금해지는 아이

몽실몽실 사랑이 넘치는 아이
세상의 무엇과도 바꿀 수 없는 아이
사랑스럽고 눈이 깊은 아이

올곧게 자라
세상 더불어 행복한 어른이 되길 바라는
눈이 깊은 아이

3부

길은 그대로인데

시인은 문학에 대한 열정이 늙지 않는다.

평생 문학이란 틀 속에 갇혀 글쟁이로만 살라 해도 행복해할 사
람이다.

그래서 그의 시는 누구나 쉽게 읽히고 이해할 수 있는

솔직담백한 글로 다가가고 소통하고 있다.

– 유미란 (시인)

추억의 동산

1

김천시 금릉군 지례면 관덕리 할람 부락 외가 댁
어릴 때 방학만 되면 찾던 외갓집
외할매 외숙모 외삼촌이 계시는 곳
무척 해보고 싶던 지게 지고 나무하고 소꼴 매던 곳
친구들과 산으로 들로 갱분에서 뛰어놀던 곳
겨울엔 사랑방에 둘러앉아 육백과 민화투 배우며
김치, 무 서리 내기하던 곳
이 산 저 산 뛰어다니고 눈 밟으며 토끼 사냥하던 곳
호롱불 밝혀 동네 다니던 곳
그런 외갓집이 있어 얼마나 좋던지

2

김천시 남산동 34번지 남산교회 옆 고동색
철대문 집 내가 자라던 곳
마당이 넓어 온갖 꽃들과 야채가 많이 심어진 곳
여름밤 툇마루에 누워 별들을 세던 곳

잘 조련된 셰퍼드 아마라와 스피츠, 진돗개와 함께
온 동네 뛰어놀던 곳
할매 가는 곳이면 어디든 손잡고 따라나서던 곳
겨울이면 가마솥에 콩을 삶아 메주를 만들고
그 많은 김장을 마당 한가득 담아 나르던 곳
노실고개 지나 성의여고 뒷산인 고성산으로 아마
라 데리고
산길 타던 곳, 양물래기, 소꾸미까지 놀러가던 곳
대학 입학 전까지 살던 우리 식구들의 찐한 보금
자리
고동색 철대문 집 그곳이 그립다

3

김천시 모암동 김천 여고 앞 동네 수용소 마을
태어나 10살까지 살던 한옥집
할매와 부모님과 삼촌 그리고 5남매가
대가족을 이루며 살아가던 곳
동네 공동 샘에서 물 길러 오던 곳

앞집 친구 병문이네 초가집은 풀무로

여러 연장을 만들던 대장간 집

뒷집 섭이 형네는 기와집으로 할매와

부모님 여동생, 강아지라 부르는 남동생이

지내는 친척 집같이 매일 드나들던 곳

옆집은 번데기 공장에 다니시던 아지매와 아저씨

나이가 있는 아재라 부르던 형이 살던 곳

모두가 한집안 사람들처럼 정이 넘쳐 흐르는 가난한

동네 수용소 마을

여고 뒷산으로 논길을 거쳐 양어장엘 가면 큰 연못

에서

보트 타는 구경과 잠자리 잡던 곳

검정 고무신에 나일론 반바지 입고 뒷냇가, 감천

냇가에서

물고기 잡고 물놀이하던 곳

그곳이 바로 어린 시절을 만들고 키워온 나의 고향

가장 생각나는 나의 어린 시절이다

고향엔 어릴 적 추억들이 여기저기 새겨져 있을진대

나만 없어 외롭다

사계절을 지키자

사계절을 온전히 느끼며
살아가기가 갈수록 힘들다

환경과 생태계의 불안감은
우리들의 삶을
무너뜨리고 있다

금수강산의 아름다움과
사계절이 비틀거리고 있다

가뭄과 홍수의 이상 기류도
자연과 생태계의 빠른 파괴로
일상생활이 흔들리고 있다

빌려 쓰는 지구를
후손들에게 돌려주는 예의와
의무가 절실하다

자연과 더불어 살아가는

맑고 깨끗한 생태계를

지키는 길만이

우리가 살아가는 길이다

갱시기

찬밥에다 묵은 김치 덤성덤성 썰어서

콩나물과 깍둑 썬 고구마 몇 닢 더하고

손가락만 한 멸치 몇 마리 풍덩 하면

돼지 밥인지 개밥인지 모를 오묘하고

기가 막힌 갱시기

찬으로 김치 한 접시에 찬물 김치 한 사발 곁들여

호호 불며 뜨끈한 한 그릇 뚝딱 하면

하루가 든든한 아랫목 같은 최고의 성찬이다

그 옛날 지겹도록 먹던 갱시기

찬바람 부는 겨울이면 언제나 생각나는 고향 음식

보글보글 끓고 입맛 다셔지는 겨울 해장국

엄마표 갱시기!

겨울이 따습다

삶의 격

낙엽 떨어지는 아침 창가

진한 커피 향기 코끝을 건드리고

무심코 집어든 페터 비에리의

삶의 방식 삶의 격을 접하고

문득 인간의 존엄성을 생각해 본다

놓치면 영영 돌아올 수 없는 삶의 존엄성과

귀중한 진정성은 자아 존중으로서의 가치

도덕적 진실성으로서의 삶

생명의 유한함을 받아들이는 존엄성 그게 바로

삶의 격 아닐까

그는 부르짖는다

자신에게 끊임없이 질문하는 삶의 격은 무엇일까

햇빛 드는 창가에 커피 한잔 내리며

자신을 끊임없이 달래는 것일까

이 순간 누리고 있는 현재의 여유로운 삶일까

아니면 삶에 쫓겨 자신을 규격화된 사회 속으로

내던져진 것일까

자신에게 떳떳한 순간이 자신의 존엄성과 격을

지켜가는 것일까

누구나가 늘 고민하고

누구나가 늘 찾는 인생행로의 아름다운

희망의 여정 아닐까

타인에 의해 보여지는 외적인 겉모습의 치장보다도

부드럽고 달콤한 솜사탕 같은 환경과 조건들이 아
닐까

이제는

유한한 삶 속에서 자신에게 어울리고 자신이 좋아
하는

포근한 삶의 맛 그것일 것이리라 생각한다

길을 걸으며

길을 걷는다
샹송이 길 위에서 춤을 춘다
답답한 가슴은
노랗고 빨간 물이 들고
하얀 마음엔
빨주노초파남보로 사랑이 내린다
세상 리듬은 언제나 어깨를 들썩이는데
나만 즐겁다가 우울하다가 슬프다가
시도 때도 없이 내 마음엔 사계절이 노닌다

길을 걷는다
길은 그대로인데
나는 길을 고른다
이 길일까 저 길일까
길을 선택하고 길을 판단한다
좋은 길인지 험한 길인지
정해져 있지 않은 길
길은 언제나 사람들을 맞이하고
사람들을 보낸다

길 속에서 희로애락을 맞이하고
길 속에서 인생을 살아간다

길을 걷는다
오늘도 쉼 없이

뭉이 둥이에게

신 (身)

언 (言)

서 (書)

판 (判)

애 (愛)

화 (和)

인 (仁)

지 (智)

동백꽃

지천으로 널린 내 맘들이 소곤대고 있다
얼마나 애간장 녹으면 저리도
널브러져 있을까
붉은 동백꽃 내 맘 같아
선홍빛 눈물을 흘린다
어느새 내 맘도 낙화 되어
검붉게 누워 있다

부처님의 맘으로 오늘도 피고 지고
동백의 맘은 내 맘같이 피고 진다

행복한 생일

어느 해 보다 의미 있는 오늘
어머니 아버지께 큰절 올립니다

음력 이월 초 이틀,
기쁨과 보람과 감사한 하루다
춘하추동 65년의 세월을 맞이하며
살아온 희로애락의 시간이 주마등처럼
흘러왔지만 몇 해 전 손녀를 맞이한
기쁨은 너무도 남달랐다
계묘년 일월 초이틀 흑토끼의 해에 찾아온
최고의 선물은 방긋 웃는 손자를 맞이한 날이다
이보다 큰 선물은 없으리라
할미, 할비에겐 두 손주가 희망이며
자랑거리이자 행복의 근원이다
이월 십오일 아들의 해외 주재원 부임도
계묘년의 경사가 아니던가
이제 두 자녀를 거느린 진정한 일가로 거듭나
좋은 일들로 꽃 피울 날 만 있으리라
범사에 감사하고 건강한 날들 되길 기원해 보며

무럭무럭 튼실하게 자라 가족과 사회와 인류에게
의미 있는 존재로 기억되고 존경받는 주인공 되길
생일 아침에 기원하고 응원한다
올해는 참 행복한 생일 뜻깊은 생일을 맞이한다
오늘은 가족 모두 사랑한다고 외쳐본다

**김
치
처
럼**

잘 익은 대로
설익은 대로
겉절이처럼
잘 버무리고 구석구석 맛들면
인생도 맛난 김치처럼 그런 맛집
아니겠는가

노랗고 아삭한 배추
깨끗하게 마른 태양초
간수 잘 빠진 천일염
잘 익은 조선간장
파릇하고 탱글한 파
살짝 매운 듯 싱싱한 갓
곰삭은 젓갈과 통통한 굴
갖가지 차려진 재료 더불어
감칠맛 내는 요술 방망이 엄마의 손맛

저녁 밥상엔 모락모락 김 나는 하얀 쌀밥에
수육 한 접시 함께면 밤새는 줄 모르는

명약 중의 명약
세상살이가 잘 익은
김치 절반만 닮아도 성공한 인생
딱 부러지는 주인공 없어도
무엇하나 빠지지 않는 잘나고 황홀한 맛과
멋을 누가 알겠는가
어수선하고 복잡한 세상 맛난 김치처럼만
살아보세

벽

또 다른 나의 적이다
자신을 가두고 홀대하며 천대해온
내가 가장 두려워하는 적이다

두꺼울까
얇을까
잘 부서질까
부서지지 않는 철의 장막일까

지나온 수년의 시간을
되돌릴 수만 있다면
새롭게 시작할 수만 있다면
방치해 온 또 다른 자신을 아끼고 돌보련다
격려와 용기
칭찬과 자랑을 벗 삼아
한 겹 두 겹 새겨지는 허물과 벽을
녹여버릴 텐데
벽은 또 다른 벽을 세우고
또 다른 방을 만들어

자신과 모두를 가두고 장막을 두른다

자신만이 허물 수 있는 비법으로 녹여내면

하나둘 장막은 사라지고

벽들은 허물어지고

넓은 세상이 춤을 출 것이다

내 안에 쌓여 있는 벽들이

사라지기 시작할 것이다

나
와
너

나는 너를
너라고 부르고 싶어

예를 갖추고 옷매무새 다듬고
체면 구겨질까 두렵고
쭈뼛쭈뼛 한참을 서성이는 것보다
그냥 너라고 부를래

너는 나를
너라고 불러다오
그냥 너라고

숨쉬기도 편하고
말하기도 쉽고
행동하기도 좋게
그냥 너라고 불러다오

나와 너는
너와 나는

그냥 너라고 불렀으면 좋겠어
그냥 너라서 편했으면 좋겠어

나와 너는
너와 나는
그냥 너라서 좋은 것 같애

그
바
다

갈매기 날으면
그녀의 얼굴이 새겨지고

새하얀 모래 위에
써 내려간 사랑 노래는
파도 속으로
잠들어가고
포구의 뱃고동 소리는
지워진 그리움의
사연들을 하염없이
파도 소리에 태운다

발갛게 익은
여름밤의 속삭임은
윤슬의 빛으로 또박또박
사랑을 새겨 간다

그 바다는
오늘도 빨간 등대로

우리들의 사랑 노래를

밝혀 줄까

들꽃처럼

잡초 더미 속에서
외진 곳에서
티 나지 않으며
요란스럽지도 않게
유유히 제 몫을 다하는 정성
때론 이름마저 촌스럽다는
천대를 받지만
늘 그 자리서 아름다운 무대를
멋지게 장식해내는 꽃쟁이 너

이젠 세상 어떤 꽃보다
세상 어떤 이름보다 세련되고
멋지고 아름답다고
찾아오는 사람들로 북적인다

언제나 소박하고 겸손하며
으스대는 일 없이
오늘도 그 자릴 지키고 있다
늘 이웃과 함께하며

힘든 일 두 손 잡으며
은은한 향기를 천 리까지
전하고 있다

사계절 품은 정성으로
계절마다 피고 지고
울고 웃으며
힘들고 지친 이웃에게
응원과 박수를 선사하는
푸근한 K-들꽃의 향기를
오늘도 아낌없이 선사하고 있구나

들꽃 그대는 사랑이며
아름다움이야

건강 검진

말하기 싫은 것도
보여주기 싫은 것도
감추고 싶은 것도
낱낱이 밝혀진다
발가벗은 기분이다

세상살이가
건강 검진처럼
깨끗한 세상
건강한 세상
밝은 세상이면 좋겠다

살아가는 세상
인생살이가
건강 검진이다

쉼

누가 질주를 막을까
누가 욕심을 잠재울까

뭐가 그리 불안할까
해도 해도 끝이 없는 일
쌓아도 쌓아도 부족한 마음

벼랑 끝에 선 인생
부는 바람 어느 누가 막을까

쉬어 보자
돌려 보자
나를 보자
그리고
마음 깊숙이 자신을 달래보자

4부

나를 만든 행복한 집

안방 구들목 이불 속에 묻어둔 따뜻한 공깃밥 같은 추억으로
그리움의 시를 쓰는 시인.

– 김영철 (시인)

자작나무

산비탈 지나 오솔길 건너 만난 너
무슨 놈의 나무가 분 바르고 화장한
기생오라비같이 희끄무레하더냐
줄기엔 여기저기 수피가 일어나
상처 난 딱지 일 듯 요상 하기도 하다

매끈하고 부드럽고 반질반질한 곧은 자태
세로로 줄지어 선 군락의 모습

춥고 서늘한 자리는 그들만의 천국
새하얀 옷 한 벌로 혹한을 지낸다
날씬하기도 해 대들보도 문살도 그들의 차지
잘 벗겨지고 잘 썩지 않는 흰색 수피로
그림도 글씨도 새겨 산속의 비상시 학용품이다
기름기 많은 수피 또한 불쏘시개로
부엌의 주인공 되어 자작자작 노래도 곧잘 부른다

혼례 시 화촉을 밝히는 의식 때도
수피가 주인공이다

산속에선 자자손손 세를 뻗지 않고 욕심 없는 담백
한 삶과
고상하고 단아하고 깔끔한 처신 또한 자작이다
봄철 곡우 때는 쌉쌀한 사포닌 물을 뽑아 주는 자
작이다

하나에서 열까지 버릴 게 없는 너
자작자작 우리들에게 사랑해요 속삭여 주는 너
산속의 희끄무레한 순백의 천사
그대 이름은 자작나무

그리운 아버지

1980년 1월 2일
하얀 눈이 소복히 내린 추운 겨울날
흑석동 하숙집에서 접한 청천벽력같은 아버지의
부음 소식을 접하고 하늘이 무너지는 듯
얼마나 힘들어했는지요
1년 남은 대학 생활을 휴학하고 그 고통을
잊으려 군 입대를 했습니다

벌써 40년이 훌쩍 지난 세월이지만
아직도 아버지 생각에 수시로
먼 하늘을 쳐다 봅니다
기쁠 때 슬플 때 힘들 때는 더욱 아버지
생각이 간절히 납니다
칭찬을 받고 싶을 때 위로를 받고 싶을 때
아버지는 무슨 말씀을 해 주실까
궁금하기도 합니다

평생을 교직 생활로 가정과 학교뿐이셨던 아버지
나의 큰 산이셨던 아버지

나의 우상이셨던 아버지
어느덧 당신의 아들은 정년퇴직을 하고
아버지 가실 때 그 나이를 넘어서고 있습니다
시간이 흐를수록 더욱 그립고
한 번쯤 만나 뵙고 싶습니다

수고했다 잘 살아왔다 아버지로부터
칭찬도 받고 싶습니다
사랑합니다 아버지!

응급실

늦은 밤이나 휴일 새벽
긴급하게 찾아드는 곳
고통과 아픔의 절규 소리가
응급실 공간 구석구석을 가득 채우고
생과 사의 처절한 싸움으로 정신없이 돌아가는
뜨거운 현장이다

감자전처럼 얇은 매트리스가 놓인 침대 위에
반건조 오징어처럼 축 처져 신음하는 몸뚱이를
비틀고 오므리며 고통을 토하는 모습에선
아비규환의 전쟁터를 연상한다

세상이 모두 아프게만 보이고
세상 사람 모두가 환자로 보여 고통 속에서
절규하고 살려 달라 아우성치고
울부짖는 질펀한 삶의 현장이다

길고 얇은 투명 줄에 매달린 링거액,
손등엔 여기저기 꽂혀 있는 주삿바늘,

팔뚝엔 혈압 체크 소리,

산소 호흡기에 매달린 창백한 얼굴,

온몸에 부착된 수많은 생명줄,

생과 사의 갈림에서

간호사의 재빠른 몸놀림과 바삐 움직이는

생의 율동 소리에도 응급실의 시계추는 무겁기만

하다

아프지 말자며 수없이 주문을 걸어 본다

사는 동안 두 번 다시 오지 말자며 되뇌어 본다

재빠르게 이동하는 환자의 침대 속도에서 인생의

슬픔과 기쁨의 장단을 무겁게 느낀다

사는 동안 아프지 말자

사는 동안 즐겁게 지내자

응급실에서 지낸 몇 시간 동안의 싸움에서

삶의 수많은 생각들이 스쳐 지나갔다

삶은 예술이다

살아 숨 쉬며 움직이는 모든 행위는 예술이다
4단 7정의 다이내믹한 스토리는 절정의 감동작이다
자연 발생적이든 인위적이든 예술은
살아 있는 생명이며 움직이는 꿈틀거림이요
심장의 소리이자 존재 이유를 느끼게 해주는
삶의 소리이다
어느 누구도 속박할 수 없으며
가질 수도 없는 무한의 창조물

세대를 거치며 풍성하게 성장하는 나무다
좋은 토양에서 더 잘 자라는 영물이지만
척박한 상황에서도 자기의 향기를 지혜롭게
끊임없이 피워낸다

예술은 마음으로부터 일상의 먼지를 털어준다는
파블로 피카소의 말과
일상에서 노래 한 소절에 깊은 위로를 받기도 하고
미술품 한 점에 마음이 풍요로워지기도 하며
시 한 편이 사람들 마음에 큰 울림을 주기도 한다

각박한 일상 속에서 한 줄기
빛을 선사하는 고귀한 생명수

일용할 양식이 없으면 우리들 생명이 끝나듯
예술은 귀중한 내 마음을 읽어주고
위로해주며 어루만져주는 마음의 생명줄이다

살아 숨 쉬는 생명
우리 삶의 전부
생활 속에서도 보이지 않는 곳에서도
늘 움직이고 꿈틀거린다

누워 있는 시집

딩동댕
이를 어쩌나
결국 수신되지 못하고
그대로 머물러 있구나
아니 읽지도 보지도 못한 채
그냥 잠자고만 있다

기쁜 글 슬픈 글 감동적인 글
누군가는 반기고
좋아해 줄 보석들이
수두룩 한데 만나기도 전에
잠들고 있으니 이를 어쩌랴
서점 가판대에 누워 있는 다양한 시집들

이 가을 연인의 눈에 띄어
멋진 데이트를 해야 할 텐데
허리춤에 매달려 낙엽 물드는
가을 공원 벤치에 앉아 알록달록
눈길 맞대는

멋지고 아름다운 아가씨처럼
속삭이며 즐거워해야 할 텐데
까무룩 가판대에만 누워 있다
한참 바빠야 할 봄가을인데
사람들의 눈길 손길 마음 길은
어디로 향하고 있을까

중산리 귀천

앞서거니 뒤서거니
바람도 계곡 따라 춤을 추고
청명한 가을 햇살에 귀천 시비도
소풍 즐거웁다고 노래를 부른다

지리산 중산리 귀천 시비 앞엔
전국에서 발걸음 옮긴 문인들 모여
천상병 시인을 추모하는 노래로 가득하다

바람결 따라 태초의 고향으로
돌아간 시인이여
그대는 지리산을 사모하고
문인들은 그대를 그리며
중산리로 소풍을 왔다

중산리 귀천 시비를 찾는 모든 시인들도
언젠가는 아름다운 소풍을 끝내는 날이
오겠지요
그대와의 소중한 인연으로

만나는 그날까지 아름다운 소풍이길 바라오

오늘도 맑고 서늘한 가을바람이
귀천 시비가 손짓하는 중산리를
울긋불긋 애틋하게 물들이는구나

갈치 요리

은백색의 날씬돌이
도마 위에 누워 있다
길쭉한 주둥이 사이로
하얀 이빨 심술을 부리고
채찍 같은 긴 꼬리는
힘없이 늘어졌다
나풀대던 등지느러미는
가지런히 고개 숙이고
반짝이던 은백색의 불빛만이
조리사의 손놀림에
하얀 불을 밝힌다
납작 누워 있는 자태
꼬리로부터 훑어가는
조리사의 현란한 칼춤에
식탁엔 고소한 미소가 번지고
바쁜 젓가락과 입술은 얘기꽃 더불어
오케스트라의 리듬을 탄다
신선한 갈치회와 칼칼한 조림엔
바다가 한 상 차려진 걸쭉한 잔칫상이다

더불어 마알간 한잔의 소주도
바다와 건배를 한다

내
일

그 날 위해
오늘까지 준비 많이 할게요

부끄럽지 않게
만나러 갈게요
얘기도 많이 나누고
좋은 곳도 많이 다닐 거에요

부족함 없는
좋은 친구가 될게요
예쁜 옷 입고 갈게요
기다려 주세요

우리 만나는 그 날
멋진 오늘이 될 거예요
그 날 만나요
사랑해요

하얀 드레스

그녀는 늘 흰색을 좋아한다
일 년에 한 철 오늘도 순백의
하얀 드레스를 입고 왔다

활짝 웃다가
미소 짓다가
수줍음 타는 모습
깨끗하고 담백하다

그녀는 늘 추운 겨울
포근함으로 흠뻑 다가온다
그녀가 올 때면
기분이 좋아진다

오늘도 어김없이 활짝 미소 지으며
하얀 드레스를 입고 두 팔 벌려
웃으며 달려온다
오늘은 참 행복하겠다
오늘은 참 좋은 날이다

서둘지 마라

처음부터 힘차게 뛰어간다

준비 운동도 없이 막무가내다

한참을 달려야 하는데,

오래도록 뛰어야 하는데

숨돌릴 겨를 없이 그냥 뛰기만 한다

눈발이 날리고

찬 바람이 가슴 속까지 파고든다

장갑도 끼지 않고 모자도 쓰지 않고

언제까지 어디까지 가려는지

종잡을 수가 없다

벌써 숨은 턱까지 차오르고

안색은 노랗고 벌겋게 상기 되어

가쁜 숨을 헐떡이고 있다

같이 갈 사람들, 준비한 물건들,

각자 맡은 일들이 흐트러지고

사람들 무리가 웅성거리고 있다

차가운 날씨에 구호 외치며

발맞춰 서로를 응원하며 하나 된 마음으로

출발했으면 벌써 목표의 절반도 더 뛰었을 텐데

모두가 낭패된 모습으로 오합지졸이 되고 만다

준비된 모습으로 출발해도 차가운 날씨에

하나둘 문제가 있으련만

마음 하나로 객기 부리듯 돌출 행동 결과엔

모두가 고개를 돌린다

함께 가면 멀리 갈 수 있을 텐데

시작도 하기 전에 낙오자가 되어 버린다

객기부리지 말자

고집부리지 말자

서둘지 말자

남산동 우리집

김천시 남산교회 옆
4번째 빨간 철대문 집
그곳이 우리집이다

대문 열고 들어서면
왼쪽엔 넝쿨장미와
라일락 나무가 반기고
수돗가 옆 오래된 감나무는
가을을 풍성하게 노래 부른다

넓은 마당 중앙엔 4단으로 단장돼
사철나무가 뽐내고 그 앞으론 할매가
심으신 빨간 작약과 아버지가 가꾸는
온갖 꽃들이 사계절을 번갈아 춤을 추고
오른쪽 텃밭엔 할매가 돌보는
온갖 채소들이 밥상을 주름잡는다

넓은 집을 지키는 독일산 셰퍼드 '아마라'는
가족들의 친구이자 수호신이다

김천 경찰서 뒷동네 빨간 철문 우리집은
마당에서 시내가 한눈에 내려다보이고
중앙 교회와 김천 초등학교가 가까이 잡힌다
앞으로는 남산 공원과 학사대 마을과 고성산이
보이는 전망 좋고 햇빛 잘 드는 정남향 집이다

대학 입학 전까지 사계절을 보내며 가족들과
함께한 행복하고 멋진 보금자리 남산동 우리집
그곳이 나의 본향이다
나를 만든 행복한 집
할매와 부모님의 체온이 숨 쉬던 반백 년을 살아온
남산동 34의 1번지 그 집

살면 살아지더라

살면 살아지더라
살면 살게 되더라

황량한 벌판에 내던져진
온실 속 야생초
비바람과 폭풍우
천둥 번개를 한몸에 받으며
삶의 나이테를 두르고

살 에이는 추운 겨울에도
꺾일 듯 꺾이지 않는
질긴 생명줄에 의지해
또 다른 나를 만나 하루하루
탑을 쌓고 있다

희로애락의 긴 여정 속에서
진달래 목련 장미 더불어
국화 향기 덤으로
많은 친구를 만나고

야생초답게 튼실한
뿌리를 내려
어느덧 아름다운 꽃으로 피워내
꽃들의 부러움을 한몸에 받기도 한다

이젠 봄바람도 산들바람도
친구삼아 만난다
삶은 아름다운 캔버스다
어떤 그림을 그려야 할지
때론 화가가 되어 고민한다

삶을 헤치면 사람이 되고
다시 만나면 삶이 되듯

그믐날 밤

그믐날 밤은 고요하다
내일이면 설날이다
이른 아침부터 집사람은
차례 음식 준비로 바쁘기만 하다

할매, 엄마 생전엔 한 달 전부터
하나둘씩 설 준비가 시작되고
이날은 온갖 음식 준비에 집안이
잔칫날이다
설날엔 하루 종일 제사 모시고
며칠씩 일가친척 손님맞이에
분주한 나날들이다
덩달아 우리들은 맛있는 음식들을
만나는 생일날이다
푸짐한 세뱃돈에 새 옷과 새 신발로
치장하고 왕자처럼 지내는 멋진 날들이다

어른들 돌아가시고 친척들 멀어지고
객지 생활에 핵가족 중심이 되고 보니

명절 풍경은 어디로 갔는지

하나뿐인 외아들은 해외 근무로
함께 하지 못하니 집사람과 단출하게
명절을 지낸다
정성과 예를 다해 조상님 제사 준비로
바쁜 하루를 마감한 그믐날 밤은
그믐밤답게 너무나 조용하고
티브이 소리만 예전 명절 분위기를
불러온다

명절맞이 그믐밤은
해마다 그믐밤이다

아우라지 아리랑

떠나간 그 님은 돌아오질 않고
한 세상 눈물로 마른 가슴 적시며
일편단심 속 타는 마음을
아우라지는 알려나
에헤라 데헤라
한 많은 세상 어찌할꼬

송천 골지천도 어우러지는데
우리네 인생살이
까만 재만 남는구나
에헤라 데헤라
우리 함께 어울려보세

깊은 골 맑은 물 나눠 가며
우리네 인생살이
둥글둥글 어울려
한세상 즐겨나 보세
에헤라 데헤라
우리네 인생 즐겨나 보세

네 탓 내 탓 말게나
한양간 그 님 원망 말 게나
이리저리 어울려
한세상 살아보세
에헤라 데헤라
한세상 살아보세

에헤라 데헤라
너랑 나랑 어울려
한세상 살아보세
에헤라 데헤라
한세상 즐겨나 보세

산사에서

눈이 오나
비가 오나
사계절 늘 그 자리에

오가는 중생들
마음까지 다듬고
아픈 눈물까지도
거두어주는 명당

오늘도 부처님 전에 엎드린다
나무 관세음보살

산사의
풍경 소리가 맑다

5부

끝없이 듣고 읽고 싶다

  일상의 노래 중 내면에 잠재한 소년과 같은 따뜻하고 천성적 순수성, 유년의 향수와 가족애가 두드러진다.
  많은 시적 대상에서 그리움, 시간적 유한성과 자신을 잘 투사해내며 시적 표현이 대화체와 질문을 던지는 화법 속에서 삶의 해답을 스스로 현현케 하는 진정한 사랑의 서정 시인이다.

– 이태균 (시인)

짧은 2월의 단상

2월은 며칠이 짧다
뭐가 그리 급한지
3월, 4월을 빨리도 보고 싶은가 보다

개나리, 진달래 봄 노래를
애절히 부르고파 2월을 며칠 빼먹고
급하게 보내고 싶은가 보다

겨울은 아직도 더 머물고 싶은 2월이기에
솜사탕 같은 하얀 눈을
전성기 때처럼 시시때때로 뿌려주고
대지를 하얀 도화지로 물들이며
칼칼한 바람도 덤으로 쏘아댄다
짧은 2월만큼이나 빠진 날짜만큼이나
신나게 겨울 잔치를 벌인다

마치 시험 날 다가온 수험생처럼
벼락공부에 열 올리듯 신이 나고
머리 좋은 수재처럼 겨울도 안고

봄기운도 품으며
그렇게 겨울과 봄의 길목에선 2월은
분주하고 어리둥절하다

그래도 2월은 미련 없이 봄 노래
부르려 힘차게 마중을 가고
변화무쌍한 2월은 짧지만 큰 달이다

꿀단지

그래
이 단지 저 단지
모두 담아봐도
엄마 손맛 그 단지는
어디에도 없더라

늘 하시던 말씀 정성이 전부고
그다음은 바람 잘 통하는 곳
햇빛 앙양한 장독대에
잘 앉혀야 한다
아침엔 잘 헹군 행주로
장독을 닦던 모습이 선명하다

이 단지 저 단지 가리지 말고
정성과 손맛이 들어가야
엄마 맛을 내나 보다
그 단지는 할매 때부터
신줏단지 모시던 그 단지 아니던가

예쁜 손 고운 손 어디 가고
자식들 돌보느라 굵은 손 마디가
엄마 맛이 되었으니
맛 단지 꿀단지 사랑 단지
그 단지가 보고 싶다

풍경
소리

당신은 나의 풍경

나는 당신의 바람

세월도 나이도

휘리릭 지나간다

뒤돌아볼 새 없이
빠르게 사라진다

어느 날
한숨 돌려 세어보니
열 손가락
접었다 폈다를 수차례

이젠 지쳐
세기를 그만둔다

백화점 단상

공간 속 공간에 있는 물건들과
공간 안에 오가는 사람들
모두가 전시품이다
물건도 오가는 사람들도
백 가지 볼거리들도

더불어 천장엔 화려한 불빛과
종일 떠들어대는 음악 소리와
안내 방송 그리고 재잘대는 사람들의 소리까지

무질서하게 보이는 듯 질서 있는 동선과
짜인 각본처럼 낙오자 없이 맞춘 듯
제 갈 길로 입출이 분명한 요지경 같은
작은 세상은 분주하고 바쁜 요술 램프

백화점에는 세상이 있고
사연들이 있고
인연들이 오고 간다

노포 보다 세련된 온실 속 세상
백화점은 삶이 춤추는 어항이다
백화점은 먹고 마시고 입고
내일을 준비하는 저장된 창고

백화점은 옷매무새를 여미고
정장 차림으로 내일 출근 준비하는
샐러리맨의 다양한 워밍업 공간이다

수종사 水鐘寺

운길산 산마루에
걸터앉은 부처님 도량

맑은 물방울이 종소리 되어
세상을 정화하고
운길산 자락 구름 더불어
두둥실 불법에 젖어든다

고즈넉한 산사의 찻집
삼정헌이 우려내는
맑은 찻물은 감로수로
혼탁한 세속의 먼지들을
씻어 주고

대종 소리는
오늘도 운길산을 두드리며
내려다보이는
두물머리 아리수까지
부처님의 말씀으로
스며든다

비수

그냥
말했을 뿐인데
나에게 날아와
아프게 꽂힌다
생채기를 내며 후벼 파고
뿌리를 내린다

보이지도 않는 게
어떻게 생겼는지도 모르는데
가슴 깊이 박혀
오랫동안 가시질 않는다

별수국

작달막한 키에
핑크색 별들이 총총 빛난다

지난겨울 노지에서 자라
화분으로 옮겨온 새 식구
고맙게도 여기저기 별 꽃망울들이
송송 맺혀 있다

베란다에서 겨울 보낸
팝콘 수국과 산수국은
꽃을 볼 수가 없다
물론 잎과 가지도 희멀건 하게
약해 보인다

별수국은 가지마다 꽃대를 올리고
작은 화분 큰 꽃을 피워내
기쁨을 선사한다

오늘은 무슨 색깔로

예쁜 별을 만들어줄지
좋아하는 물을 흠뻑 건넨다

반짝반짝 빛나는
별수국의 요란한 잔치가
기다려진다

미스킴라일락

어릴 적 대문 옆에 수호신처럼 버티며
해마다 꽃피는 오월이면 온 동네를
라일락 향기로 물들인 그때를 추억하며
데려온 라일락 한 그루

개량된 종자로 그 이름도 상큼한
미스킴라일락
가지 끝 꽃대 올리며 한 웅큼
피워 올린 하얀 라일락 꽃향기는
어릴 적 그 향기 그대로 추억을
데려온다

나에게로 시집온 미스킴라일락
내년엔 더 깊은 향기로
온 집안을 우아한 동산으로 만들어주겠지
그땐 미세스킴라일락으로
불러 주어야 좋을까!

AI는 어떤 마음으로 시를 쓸까

봄 여름 가을 겨울

질펀한 삶의 굴레 속에서
부대끼며 살아온 날들의 응축된 시가
가슴속에서 울려 나와
장조는 장조대로 단조는 단조대로
샵(#)도 붙고 플랫(b)도 붙으며
희로애락의 아름다운 사연들이
오선지에서 춤을 추듯 새 세상을 만난다

그것은 오로지 단어들의 나열뿐일까
그것은 단지 오선지 속의 음표뿐일까
단어와 음표 속에 수많은 감정들의
응축된 결과물일 것이다

세월과 세태의 변화와 흐름은
깊은 생각과 감정을 멀리하고 신속하고 단순
명료한 결과물을 쉽고 빠르게 선택할 수 있는

눈물과 감정이 배어있지 않은 결과물들을
원하는 만큼 쉽게 만들어내고 있다

이 노래는 어떤 노래들일까
그 노래는 어떤 감정이 숨어 있을까

눈물겹고 아름다운 희로애락의 깊은 노래들을
끝없이 듣고 읽고 싶다

웃음소리

동그란 얼굴에
눈과 입술이 춤을 춘다

환한 햇살이 날갯짓하듯
온몸이 잔칫날이다

별일도 아닌데
그저 즐거울 뿐이다

왼종일 온 세상이
덩실덩실 리듬을 탄다

그
렇
지

잘하고 있는 거야

흔들리지 마

그러면 돼

하얀 눈

감히 누구도 말할 수 없게
조용하게 새하얗게
모두 덮는다

세상을 깨끗하게
세상을 아름답게
세상을 맑게

모두가 좋아라 한다

인생은 삼박자

인생은 입체적이고
숙성된 세 종류의
시간 속에서 살아간다

어제
오늘
그리고 내일

시
인
의
말

하루를 충실하고 뿌듯하게 만족한 선물이 되도록
풍만한 만족감을 누리고 누군가에게 필요한 것들을
사랑하는 사람들에게 기꺼이 나누어 주고 싶다.

늘 부족함을 느끼며
정진하는 일상들이 생각만큼 언행일치가 되지 않아
하고 싶은 일들과 좋아하는 일들을 깨우치고 찾아
하루하루를 새롭고 신선함으로 채워 가고 싶다.

이제는 하나둘 버리는 연습을 하고 싶다.
제대로 된 것들도 없지만 집착과 욕심에서 벗어나
개운하게 차려입고 산뜻한 것들과 지내고 싶다.

시 작업을 한다는 것은 나를 돌아보는 일들이다.
마음속에 있는 나를 끄집어내 순간들을
조각해 보기도 하지만 한결같이 어렵고 힘든 작업이다.

그래도 참 즐거운 일인 것 같다.

그래서 참 잘한 일인 것 같다.

네 번째 시집 표제를 손주들의 태명으로 이름 붙여 조심히 내밀어 본다.

2024년 9월 상현에서 소전 전성재